AF498320

LETTRE

D'un Libraire de Lyon à un Libraire de Paris.

De Lyon, ce 1 Mars 1779.

O *cives, cives, quærenda pecunia primum est.* *Horat.*

VOUS vous plaignez, mon cher Confrere, du dépériſſement du commerce de la Librairie, & vous le regardez comme l'effet des derniers Arrêts du Conſeil ; vous avez raiſon. Nous voyons bien clairement ici ce que vous ne faites que conjecturer. On n'y débite, & dans tout le Midi de la France, que des contrefaçons ; je penſe qu'il en doit être de même des autres Provinces.

Mais permettez qu'en vous plaignant j'obſerve qu'il y a un peu de votre faute, de n'avoir pas ſenti dès le commencement que c'étoit un ſacrifice d'argent à faire. Vous avez pu voir ſur le champ que cette prétendue réforme n'étoit pas dictée par l'amour du bien public. Vos défenſeurs l'ont démontré. L'intérêt particulier perce de toutes parts. L'Auteur de la Lettre à un ami l'a laiſſé entrevoir, & il en a dit aſſez pour faire entendre qu'il étoit bien informé, mais qu'il n'oſoit parler clairement.

Je vous ai mandé dans le tems, & toute la Librairie de Lyon en eſt informée, que Duplain a donné 40000 livres pour avoir la permiſſion d'imprimer l'Encyclopédie. Si cette

A
édition

édition étoit utile, il ne falloit pas que la permiſſion de la faire fût achetée. Quarante mille livres réparties ſur l'ouvrage en auroient diminué le prix & procuré l'acquiſition à meilleur compte. Si elle étoit dangereuſe *, la permiſſion vendue un prix ſi exorbitant décele dans le Directeur de la Librairie le deſſein formel de faire de ſa place une mine d'or.

La faculté qu'il s'eſt réſervée de vendre à pluſieurs la même permiſſion a penſé lui procurer une fort bonne aubaine ; car un autre Libraire de notre Ville ayant vu que l'édition de Duplain étoit très-fautive, avoit pris la réſolution de demander la permiſſion d'en faire une autre. Mais Duplain, informé à tems, eſt venu trouver ſon Confrere, lui a fait ſentir le tort que cela lui feroit ; enfin il en a été quitte pour 12000 livres qu'il lui a donné. Vous voyez qu'il dépendoit du Directeur que cette ſomme paſſât entre ſes mains, & que, ſi un troiſieme vouloit ſe mettre ſur les rangs, il pourroit encore lui offrir douze autres mille francs, qui ne pourroient lui échapper, ou du côté du nouvel Editeur qui acheteroit ainſi la permiſſion, ou du côté de Duplain qui payeroit l'excluſion de ſon concurrent. Toutes ces opérations ſont à la diſcrétion de M. le Directeur, & rien ne peut l'empêcher de preſſer l'éponge, parce qu'il lui ſera aiſé de ſupprimer toutes les preuves du fait.

* Arrêt du Parlement du 6 Février 1759, qui défend de vendre & publier les ſept premiers volumes de l'Encyclopédie.

Je

Je vous ai mandé tous ces faits; mais il en est encore d'autres que je fçai de vous & d'ailleurs.

Tous les Contrefacteurs ont été mis à contribution, & on leur a fait payer fort cher l'amniftie de leurs anciens vols & la liberté de vendre les nouveaux. Mais pendant que tout fe difpofoit pour que le faifeur d'Arrêts & les Contrefacteurs fuffent contens réciproquement, les derniers, informés & du contenu des Arrêts & du tems où ils devoient paroître, ont doublé, triplé leurs contrefactions. Comme ils fçavoient très-bien que le motif de l'amniftie devoit être la multitude des contrefactions, ils fe font prêtés aifément à donner une nouvelle force à ce motif en les multipliant. Ce qui n'étoit pas fi mal vu de leur part. Ils fe procuroient par-là un fonds affez confidérable de livres pour attendre l'expiration du terme au-delà duquel le Directeur de la Librairie pouvoit difpofer de tous les anciens Priviléges. Le gain confidérable qu'ils devoient faire aux dépens des Libraires de Paris, les devoit mettre à portée d'enchérir fur ces derniers à l'expiration de ce terme, & de leur enlever, par une offre fecrette plus confidérable, la continuation de leurs Priviléges.

Vous voyez aifément que toutes ces efpérances, foumifes au calcul, ont pu déterminer jufqu'où les Contrefacteurs pourroient porter le prix de l'amniftie de leurs vols & la permiffion de s'en défaire.

On fait compter dans un fiecle où tout a été travaillé en finance; & il n'a pas été difficile

                                                de

de voir que le produit des nouveaux Réglemens feroit très avantageux.

Ainſi vous deviez en conclure qu’on vouloit
de l’argent. Vous n’avez pas voulu l’entendre.
Vous vous êtes amuſé à prouver qu’*on vous
enlevoit votre propriété, que cette propriété étoit
auſſi ſacrée que toutes les autres*, comme ſi M.
le Directeur l’ignoroit. Le croyez-vous aſſez
bouché pour ne pas voir qu’une propriété entre
les mains de l’Auteur, ne ceſſe pas d’être telle
entre les mains de celui à qui l’Auteur la tranſ-
met ou par don ou par vente, ou autrement ?

Vous faites un long étalage des Loix qui
autoriſent les continuations de Privileges, ſur-
tout l’Edit de 1686 & le Réglement de 1723,
qui défendent les contrefaçons : vous en con-
cluez que les contrefacteurs ſont des voleurs.
Le Directeur n’en diſconvient pas, puiſque
l’*amniſtie* qu’il leur accorde prouve qu’il les
regarde comme coupables d’un crime. (*Préam-
bule de l’Arrêt du Conſeil, p. 2.*)

Vous vous récriez ſur cette amniſtie, attendu
que ce ſont de vrais brigands qui ont inondé la
France de contrefaçons : le Directeur ne con-
teſte pas le fait, puiſque *la multitude des vols
ou des contrefaçons* eſt le motif de l’*amniſtie*.

Vous trouvez étrange qu’on vous enleve les
Privileges que vous avez acquis avant les derniers Arrêts, & qu’on veuille les ſoumettre au
nouveau Réglement, ce qui, dites-vous, eſt
leur donner un effet rétroactif. Le Directeur
ſçait comme vous que ce qui eſt fait avant les
Arrêts doit ſubſiſter dans le même état, puiſqu’il ne permet la vente des contrefaçons, que
parce

parce qu’elles ont été faites avant les Arrêts.

Vous alleguez que *vos anciens Privileges font toute votre fortune*, que *vous n’avez pas d’autre reffource pour fatisfaire à vos engagemens* ; le Directeur fait bien que ces raifons font bonnes : puifqu’il permet aux contrefacteurs de fe défaire de leurs contrefaçons, parce qu’*elles font toute leur fortune*, & qu’ils n’ont *pas d’autre reffource pour fatisfaire à leurs engagemens.* (Ibid.)

Croyez vous de bonne foi qu’il ne fait pas que vous avez des engagemens femblables & plus forts que les Libraires de Province, puifqu’indépendamment des frais d’impreffion, vous avez encore ceux faits pour acquérir les manuf-crits ou pour payer les penfions faites aux Auteurs, ou à leurs repréfentans.

Vous vous agitez beaucoup pour faire fentir la différence entre des Négocians qui, fur la foi publique, fur le texte de la Loi, fur l’ufage, fur la poffeffion continuée ont acheté, vendu, partagé des Privileges, conftitué des dots, des douaires, &c. fur ces mêmes Privileges, que la Loi leur affuroit incommutablement ; & entre des brigans qui contre la défenfe pofitive d’une Loi exécutée depuis 1686, contrefont des ou-vrages dont la propriété eft affurée par l’auto-rité aux Auteurs & à ceux à qui ils tranfmet-tront leurs droits. Tous ces efforts font inutiles, parce que M. le Directeur fent très-bien cette différence : & la preuve qu’il la fent bien, c’eft que quand il les a mis à contribution, il a beau-coup appuyé fur le droit qu’il avoit de faifir tous leurs magafins, attendu qu’ils avoient contrevenu à une Loi claire ; & il fe félicitoit en secret avec ses amis de cette heureuse invention, comme l'Abbé Terrai, quand il avoit un peu pressuré les Financiers ; *après tout*, disoit-il, *je ne fais que voler les voleurs*. (Avec cette morale leste, le service de la Tournelle auroit son agrément.)

Quoique le Directeur vous ait enlevé tous les Privileges dont vous étiez propriétaires avant les Arrêts , & qu'il ait fait grace aux Contrefacteurs de toutes les contraventions qui les ont précédé, (ce qui fait une double perte pour vous, & un double profit pour eux.) ; cependant je ne puis me persuader qu'il vous veuille plus de mal qu'aux Libraires de Province. Non ; il n'y a pas de mauvaise intention de sa part. La différence vient de ce que les Contrefacteurs ont acheté le droit de voler votre bien , & que vous, vous n'avez pas seulement pensé à acheter le droit de le conserver ; de ce qu'ils ont employé la clef d'or , & que vous, vous avez cru vous sauver en répétant ces mots surannés, *justice, équité, droit naturel*, &c. Plus il y a de contradiction dans les Arrêts, plus vous les trouviez opposés à la justice, déraisonnables, vexatoires ; plus aussi vous deviez entendre qu'il vous disoit en termes très-énergiques : *Pensez au Directeur qui d'un trait de plume peut vous enlever toute votre fortune.*

Son intention se manifeste encore dans la conduite qu'il tient à l'égard des Auteurs. Comme ceux-ci ne font pas Corps & qu'il ne peut en rien tirer ni par la crainte ni par l'espérance, il leur fait le moins de mal possible ;

(car

(car au fond le Directeur n'eſt pas méchant,
& s'il n'aimoit pas l'argent, il préféreroit le
bien au mal) il les laiſſe jouir de la propriété
de leurs Ouvrages ; mais s'ils s'aviſent de
vendre, la propriété expire avec eux, le tout
non pour faire du mal aux Auteurs ou aux
Acquéreurs, mais pour faire du bien aux Contrefacteurs, parce que ceux-ci l'ont bien payé
& que les Libraires de Paris, croyant qu'il
ſuffit de payer l'Auteur, ne veulent pas acheter
une ſeconde fois du Directeur.

Convenez à préſent que c'eſt de l'argent
qu'on veut. Oui, Meſſieurs de Paris, de l'argent. Je ſens qu'il eſt dur d'en donner pour
conſerver une propriété bien acquiſe & bien
ſoldée. Mais enfin ignorez vous ce qu'on fait
ſi bien dans le pays que vous habitez ? Pour
moi qui ne ſuis qu'un Provincial, je ſais très-
bien que dans ce pays-là toutes les difficultés
ſe réſolvent en argent.

Comment, direz-vous, ſoupçonner d'une
pareille avidité, un homme qui dans des tems
orageux a montré du courage, de la fermeté,
du patriotiſme? Oui ſans doute, M. le Directeur
a ſu réſiſter à l'oppreſſion : mais il n'avoit que
22 ans ; la contagion du ſiecle ne l'avoit pas
encore perverti. Quand on eſt en place, on
veut ſe mettre au ton du ſiecle, on plie ſes
mœurs aux circonſtances. Ce qui eſt étonnant,
c'eſt que le Directeur ne cache pas que telle eſt ſa
morale. Gens dignes de croyance ont dit, que
quelqu'un lui rappellant ſes principes lors de
l'exil de la Magiſtrature, & les mettant en op-
poſition avec ſa conduite actuelle, en avoit

                                          reçu

reçu cette réponſe : *Autre tems , autres mœurs.*
Maxime profonde & dont les conféquences
font plus étendues que celles qui réfultent du
plus fier Machiavelifme.

Vous ſaviez , M. , cette anecdote , puiſque
je la tiens de vous ; & vous n'en avez pas tiré
la conféquence toute naturelle , qu'il ne s'agiſ-
foit pas d'éclairer un homme qui voit auſſi
clair que vous. Qui eſt-ce qui a ignoré le pro-
pos tenu à Rouen lors de la cérémonie de
l'eſtampille , *qu'il lui falloit cent mille livres pour
ſes Bureaux.* Il eſt notoire qu'il a eu des vues
ſur la belle terre de . . . . En voilà , je penſe ,
plus qu'il n'en faut pour vous convaincre que
le grand moyen d'éviter votre ruine eſt de faire
la guerre à vos antagoniſtes à armes égales ,
c'eſt-à-dire , d'oppoſer plus d'argent à moins
d'argent , & non pas des raiſons à de l'argent.
Ainſi calculez le ſacrifice que le Directeur
pourroit faire en abandonnant ſes Arrêts , &
tâchez de le déſintéreſſer. Une petite difficulté
pourroit pourtant l'arrêter , c'eſt la crainte
qu'on ne lui faſſe le reproche d'avoir reçu de
l'argent pour donner ſes Arrêts , & de l'argent
pour les retirer. Mais en lui faiſant voir que
la choſe n'eſt pas ſans exemple , que M. de
Maupeou a reçu cinquante mille livres pour
permettre l'impreſſion de l'Encyclopédie , &
cinquante mille livres pour retirer cette permiſſion , il ſe rendra aiſément. Songez à la
maxime , *autre tems , autres mœurs.* Elle eſt le
dénouement de bien des difficultés. N'allez
pas m'objecter que par ce moyen *le tems* auroit
changé , mais que *les mœurs ſeroient les mêmes.*

Sans

Sans doute *les mœurs féroient les mêmes*, parce qu'en tout tems *monnoie fait tout*. Mais ce n'eft pas ce que je veux dire. Je dis que M. le Directeur qui du tems de M. de Maupeou paroiffoit noble, généreux, patriote ; depuis qu'il a une partie de l'adminiftration confiée jadis à cet honnête homme, eft devenu fujet aux mêmes foibleffes, parce què telle eft la condition humaine, que *les honneurs changent les mœurs*.

M. le Directeur pourra d'autant mieux fe prêter ; qu'il répondra avec vérité aux plaintes des Contrefacteurs, qu'ils font plus que dédommagés par la vente de leurs contrefaçons, (*a*) des fommes qu'ils ont donné pour acheter la permiffion de les vendre. S'ils fe plaignoient que *cela n'eft pas jufte* : puifqu'il imite fi bien M. de Maupeou, il pourroit auffi bien imiter l'Abbé Terrai, qui en pareil cas répondoit : *qui eft-ce qui vous dit que c'eft jufte ?* Il n'y auroit qu'une différence, c'eft que ce dernier la faifoit à des citoyens honnêtes, qui avoient prêté leur argent à l'Etat & qu'il payoit d'*un je ne*

Note de l'Éditeur.

(*a*) De quoi fe plaindroit, par exemple, le fieur Duplain, qui, il y a quelques années, avoit à peine 40000 livres, & qui actuellement eft affez riche pour penfer à acheter une Terre ; qui vient d'acquérir une feconde maifon ; qui eft actuellement à Paris pour fe faire pourvoir d'une Charge de Maître d'Hôtel chez le Roi ou chez la Reine, Charge qui paffe cent mille livres de finance ; qui, pour avoir l'efpèce de nobleffe requife pour cette Charge, achete une Charge de Secrétaire du Roi de quatre-vingt mille livres ?

Son édition de l'Encyclopédie lui rapportera gros ; mais le produit ne lui eft pas encore rentré ; & fi malgré les frais de cette édition il eft en état de faire de pareilles acquifitions, il n'y a donc que fes contrefaçons qui lui en ayent procuré la faculté. On parle des richeffes des Libraires de Paris ; mais y en a-t-il deux qui ayent équipage comme Duplain ?

A 5   *vous*

vous dois rien : au lieu qu'ici elle s'adresseroit à des fripons *qui digna factis reciperent.*

L'intérêt admet toutes les inconséquences qui ne lui font point préjudiciables. Ainsi soyez tranquille sur le compte du Directeur, dès que vous l'aurez désintéressé. Il a bien avalé les inconséquences qui fourmillent dans ses Arrêts, il avalera bien celle qui paroîtra résulter de leur révocation. Pour pareils gens, le vrai, le juste, ne font tels que quand cela s'accorde avec leur intérêt. Ce que je dis du faiseur d'Arrêts s'applique également à ses apologistes. L'Auteur du *Discours impartial*, par exemple, s'il présentoit un Ouvrage à acheter à un Libraire qui à raison des nouveaux Réglemens ne voulût lui en donner que 6000 livres au lieu de 12000 livres qu'il en auroit retiré, croyez-vous qu'alors sentant par lui-même les suites fâcheuses de ces Arrêts, il ne s'expliqueroit pas avec plus d'énergie sur leur injustice, que n'ont fait tous les Libraires dont presque toute la fortune se trouve anéantie ?

Je finis, mon cher Confrere, car insensiblement mon ton changeroit ; j'aime mieux finir comme j'ai commencé, par ce vers de Boileau :

L'argent, l'argent, dit-on, sans lui tout est stérile.

. . . .

RÉPONSE

RÉPONSE *du Libraire de Paris.*

A Paris le 15 Mars 1779.

JE n'ai pas douté un seul inftant, mon cher Confrere, que l'intérêt particulier ne fût le mobile de cette prétendue réforme ; j'ai penfé comme vous, que c'étoit nos bourfes qu'on vouloit réformer, non pour en faire paffer l'excédent entre les mains des Libraires de Province, comme cela paroît du premier abord, mais pour fournir à M. le Directeur un petit revenu annuel capable de lui faire foutenir avec dignité l'éminence de fa place.

Je puis encore ajouter aux preuves que vous avez réunies dans votre Lettre : il paroît que vous ignorez que le produit de l'eftampillage, dont une partie étoit affignée pour les vacations des Syndics & autres Officiers de la Librairie, eft paffé tout entier entre les mains du Directeur, fans qu'il en ait rendu compte. Par ce moyen il a mécontenté les Libraires chargés de cette opération, & ceux qui fur fa parole avoient multiplié leurs contrefaçons, ne s'attendant pas qu'on mettroit un impôt fur chaque volume. Il y a tel Libraire à qui il en a couté quinze mille livres ; ce qui n'eft pas difficile à croire. La taxe eft de 15 liv. par mille volumes. Si on fuppofe cinq ou fix ouvrages de fix volumes à trois ou quatre mille exemplaires, on voit par cet apperçu que le fait n'eft pas incroyable.

Pour

Pour évaluer le profit du Directeur, suppofons 400 ouvrages contrefaits, chacun de quatre volumes & tirés à 3000 exemplaires, cela fait 4 millions 800 mille volumes ; ce qui doit produire, à 15 livres par mille, 48 fois 1500 livres, ou bien 72000 livres. Je ne crains pas qu'on me taxe d'exagérer ni le nombre des ouvrages contrefaits dans toute la France, ni celui des volumes.

Ce qui eft certain, c'eft que les Contrefacteurs qui avoient cru entrevoir un gain affuré dans la multitude des contrefaçons, ont été fort furpris de voir en commençant une perte certaine, fans compter la gêne où les mettoit une remife confidérable de fonds deftinés à autre chofe. Dans le premier moment de vivacité, quelques-uns ont laiffé échapper le mot de *bienfait perfide*.

Ce trait, qui prouve affez énergiquement l'appétit de M. le Directeur, n'eft rien en comparaifon du tarif qui taxe le format & le nombre des volumes qu'on aura la permiffion d'imprimer ; c'eft là vraiment la mine d'or. Comme vous ne m'avez pas parlé de cet article, qui devoit naturellement entrer dans votre calcul, j'ajoute ici le tarif des objets les plus importans.

Pour une édition in-folio, chaque volume tiré à 1500 · 240^{tt}

Pour une édition in-4°., chaque volume tiré à 1500 · · · · · · · · · · · · · · · · · · · 120

Pour une édition in-8°., chaque volume tiré à 1500 · · · · · · · · · · · · · · · · · 60

Pour une édition in-12., chaque volume

lume

lume tiré à 1500 .... 30tt
Pour une édition in-16., chaque volume tiré à 1500 15

Quelle prodigieuse quantité de Livres de tous formats répandus dans toute la Librairie de France, dont les Privileges expireront au moins dans dix ans ! On en a déja envoyé une lifte très-confidérable dans les Provinces, pour tenter les Libraires : on ignore quel effet elle a produit. Ce qui eft conftant, c'eft que fi le fuccès répond aux vues du Directeur, il pourra, dans dix ans, acheter une fort belle Terre qui ne lui coutera pas beaucoup. Voilà à coup fûr 5 à 600 mille livres fur lefquelles il peut compter, non compris le tour du bâton ; je veux dire les fommes particulieres qui lui feront offertes pour avoir une permiffion exclufive. Cet objet là n'a point d'autres bornes que l'avidité de celui qui eft le maître de difpofer des permiffions.

En fuppofant que nous euffions été affez lâches pour nous racheter avec de l'argent d'une vexation auffi évidente , croyez-vous qu'il nous eût été poffible d'affouvir l'infatiable avidité du Directeur ? La Librairie de Paris ne renferme que fept à huit bonnes maifons, dont les unes doivent leur fortune au bien qu'y ont apporté les femmes, & quelques autres à des circonftances particulieres & indépendantes du commerce ordinaire de la Librairie. Le refte fe foutient dans la médiocrité : ainfi , tout le fardeau auroit été fupporté par ce petit nombre de maifons, ce qui étoit impoffible. J'ai dit, Monfieur & cher
Confrere ,

Confrere, en suppofant *que nous euſſions été aſſez lâches.* En effet, eſt-il digne de Citoyens vertueux de défefpérer tellement de l'admi-niſtration, qu'ils ne voyent d'autre reſſource pour écarter la ruine que leur prépare l'in-juſtice de quelques fubalternes, que dans l'or qu'ils doivent prodiguer pour étancher la foif de ces hommes avides ? Non, Monfieur, nous euſſions mérité le traitement dont nous nous plaignons, fi nous euſſions été capables d'un pareil fentiment, & nous ne ferions pas dignes de la protection des Dépofitaires de la loi, fi, au lieu de nous adreſſer à eux, nous metrions notre confiance dans des moyens auſſi bas. Nous favons qu'on les employe tous les jours avec fuccès, & qu'une lâche condef-cendance fur cet article a corrompu beaucoup de fubalternes ; mais nous devons donner l'exemple du courage avec lequel on doit ré-fifter à cette iniquité, & apprendre à ceux qui font menacés de la même oppreſſion à mettre leur confiance dans la juſtice de leur caufe, & dans celle des Protecteurs de la propriété.

Si la multitude des affaires, fi une confiance, peut-être trop aveugle, dans la probité du Directeur nous ferment l'accès que nous de-vons trouver auprès du premier Magiſtrat ; fi les réclamations les plus juſtes, les mieux fondées, ne font point écoutées ; il exiſte un Tribunal, protecteur de la juſtice & de l'inno-cence, chargé de conferver aux Citoyens leurs propriétés, même contre ceux qui abufent de l'autorité pour les envahir.

Tous les écrits qui ont été publiés pour notre défenfe

défenfe n'étoient pas deftinés à éclairer M. le Directeur. Il fçait très-bien que c'eft une injuftice. Avouer , comme il le fait , qu'un ouvrage eft une propriété entre les mains de l'Auteur, c'eft reconnoître fuffifamment que cette propriété eft tranfmiffible , & qu'elle feroit chimérique, fi, en paffant entre les mains d'un Acquéreur , elle ceffoit d'en avoir les avantages. Ainfi ce n'eft pas pour lui qu'ils font faits ; c'eft pour rendre attentifs & intéreffer à la juftice de notre caufe les Magiftrats & toutes les perfonnes qui, par leur crédit, leurs places & leurs dignités, peuvent obtenir la révocation des Arrêts ; c'eft pour faire connoître jufqu'à quel point on a abufé de la confiance du Monarque.

Notre derniere reffource eft dans la vigilance & le zele du Parlement pour maintenir les droits de tous les Citoyens ; & nous avons tout lieu d'efpérer qu'il écoutera nos juftes plaintes. Mais avant d'avoir recours à ce moyen, il falloit épuifer les autres ; il falloit que tous les échos qui environnent le Directeur lui répétaffent , que fes Arrêts violent manifeftement les loix de la propriété ; que la maniere dont ils ont été faits , leur clandeftinité , le fecret qu'on a gardé vis-à-vis des Confeillers d'Etat , qui forment le Bureau chargé de cette partie, prouvent qu'on craignoit les obfervations & l'oppofition de ceux qui n'avoient d'autres vues que celles du bien public ; que fes apologiftes ne font que des fophiftes & des écrivains gagés pour exalter fes nouveaux Réglemens ;

mens ; que tout eſt contradictoire & dans ſes Arrêts & dans ſes apologies ; il falloit tâcher de diſſiper le préjugé du premier Magiſtrat qui lui a confié ce département ; il falloit tenter par une Requête bien motivée d'obtenir le renvoi de l'exécution de nos raiſons au Bureau qui eſt chargé de cette eſpece de légiſlation : il falloit convaincre le Directeur par le Jugement rendu entre la dame Deſaint & le ſieur Paucton , que jamais les Tribunaux n'adopteroient une légiſlation contraire à toutes les notions de juſtice & d'équité.

Puiſqu'il eſt ſourd à toutes ces raiſons ; puiſque le ſpectacle touchant de la ruine de tant de familles honnêtes, expoſées à manquer à des engagemens contractés ſur la foi publique ; puiſque la perſpective effrayante de procès ſans nombre auxquels l'exécution de ſes Arrêts donneroit lieu , ne produiſent aucun effet ſur un cœur que la ſoif de l'or a rendu inſenſible ; il eſt tems de nous jetter entre les bras des protecteurs de la propriété pour faire parvenir aux pieds du Trône nos juſtes plaintes.

Si les beſoins de l'Etat ; ſi les frais inſéparables d'une marine à remonter , d'une guerre diſpendieuſe à ſoutenir , forçoient le Souverain à demander à tous les ordres de Citoyens de nouveaux ſubſides : cette impoſition préſentée aux Cours ſouveraines pour en peſer les avantages & les inconvéniens, & enregiſtrée avec toutes les modifications capables d'empêcher l'arbitraire & l'abus, ſeroit reſpectée par tous les Sujets ; parce qu'ils verroient qu'elle doit tourner à l'utilité générale , au bien de l'Etat ; mais

qu'un

qu'un particulier mette des impofitions arbitraires, qu'il peut augmenter quand il le voudra ; qu'il ne foit comptable à perfonne des deniers qu'il recevra ; que cet impôt foit à perpétuité, c'eft une entreprife contraire à la conftitution nationale & à toute efpece de gouvernement. Il eft impoffible que les dépofitaires des Loix ne fentent qu'un pareil exemple eft de la plus dangereufe conféquence, & qu'infenfiblement tous les départemens fe promettroient un pareil droit, & qu'il fe formeroit un corps d'impofition qui, contre toute idée reçue d'impofition, feroit converti au bien particulier & non au bien général.

Cette raifon fuffiroit feule pour exciter le zèle des Magiftrats ; mais il y a un autre motif auffi important.

Un Edit de 1686, enregiftré au Parlement, maintient les privileges & les continuations de privileges. Un Arrêt du Confeil en 1701, revêtu de Lettres patentes enregiftrées au Parlement, renouvelle les difpofitions de cet Edit. Le Réglement de M. d'Aguesseau en 1723 n'a fait qu'éclaircir toutes ces différentes Loix, qui n'ont été adoptées qu'après que les parties intéreffées ont été entendues contradictoirement. Ainfi depuis 1686 voilà des Loix authentiques enregiftrées qui ont affuré aux Libraires les privileges dont ils étoient propriétaires. De-là la fécurité avec laquelle ils achetoient les Ouvrages des Auteurs pour en acquérir la propriété incommutable.

De-là les Privileges comptés au nombre des propriétés ordinaires, & la défenfe faite à tout
Libraire

Libraire de troubler le propriétaire dans la jouiſſance de ſon droit. De-là les achats, les ventes, les échanges de Privileges en tout ou en partie. De-là en un mot la diſpoſition de ſes Privileges aſſimilée en tout à celle de toute autre propriété. On étoit ſûr que les Tribunaux où les Loix qui concernent les Privileges ſont enregiſtrées, y conformeroient leurs déciſions ; par conſéquent tous les traités faits entre les Libraires ont dû être regardés comme ſacrés & auſſi inviolables que les contrats par leſquels les Citoyens diſpoſent de leurs meubles ou immeubles.

Voilà donc ce genre particulier de propriété ſous la protection de la Loi. Eſt-il poſſible que dans un Etat policé & réglé par des Loix, un ſimple Arrêt du Conſeil qui a été fait ſous la cheminée, qui n'eſt revêtu d'aucunes Lettres patentes, & qui par conſéquent n'eſt pas enregiſtré, détruiſe ſur le champ une propriété reconnue pour telle depuis plus de cent ans par des Loix enregiſtrées ? Eſt-il poſſible que des traités faits ſur la foi publique, & appuyés ſur une Loi revêtue des formes les plus ſolemnelles, & de la ſanction la plus reſpectable ; eſt-il poſſible, dis-je, que de pareils traités ſoient anéantis par un ſimple Arrêt du Conſeil ? Je dis plus, eſt-il poſſible que dans tout Gouvernement où la juſtice & l'équité ſont la regle & la baſe des Loix, on en faſſe une qui puniſſe des Citoyens de s'être conformés à une Loi authentique & ſolemnelle ; qui anéantiſſe des traités ſans nombre faits à l'ombre de cette Loi, & qui par conſéquent mette le trouble,

la

la divifion dans les familles , & bouleverfe une claffe nombreufe de la Société ? Une pareille légiflation révolte tout efprit droit ; auffi y a-t-il eu un cri univerfel d'indignation contre cet effet rétroactif donné aux nouveaux Réglemens.

Ce fecond motif , mon cher Confrere , eft auffi capable que le premier de toucher le cœur des Magiftrats , & de les déterminer à venger un corps nombreux de Citoyens , qui n'ont d'autre crime que d'avoir ufé du privilege de la Loi , contre ceux qui veulent les troubler dans leur propriété.

Dans tous les Tribunaux , excepté dans celui du Directeur , on ne peut pas ne pas juger comme le Châtelet , qui vient de condamner la veuve Defaint à exécuter le traité fait avec le fieur Pauĉton , & la déclare , en même tems , propriétaire incommutable. Comment le Châtelet auroit-il pu juger autrement? Il ne connoît pas les Arrêts du Confeil non enregiftrés.

Il eft impoffible , par la même raifon, que le Parlement ne confirme pas cette Sentence. Il en fera de même de toutes les conteftations relatives aux anciens Privileges , lorfqu'elles feront portées devant les Tribunaux ordinaires. Si , contre l'intention des Auteurs , leurs Ceffionnaires n'étoient pas maintenus dans la poffeffion des Privileges , ceux-ci pourroient ceffer de leur payer les penfions ou d'exécuter les autres conditions contenues dans les traités ; car il ne feroit pas jufte que dans un traité où le Cédant donne une propriété incommutable,

&

& le Ceſſionnaire l'accepte, on forçât le dernier à exécuter les conditions onéreuſes, lorſ-
qu'on le priveroit des avantages ſans leſquels
le traité n'auroit pas eu lieu. Il eſt donc évi-
dent que les Arrêts ſeront conformes aux anciens Réglemens & aux Edits enregiſtrés, &
que les Contrefacteurs des ouvrages antérieurs
aux nouveaux Réglemens ſeront déclarés
ſaiſiſſables. Alors que feront les Libraires ?
Iront-ils, ces Arrêts à la main, faire ſaiſir les
Contrefacteurs ? Ceux - ci leur oppoſeroient
les nouveaux Réglemens. L'homme de l'Adminiſtration, celui qui eſt chargé de faire
exécuter les Arrêts du Conſeil, protégeroit
forcément le Contrefacteur ; & le Libraire,
avec ſon Arrêt rendu conformément à un Edit
enregiſtré, ſe trouveroit les mains liées ; ou
bien il faudroit oppoſer la force exécutrice
de la Loi à celle de l'Adminiſtration. Quel
étrange moyen !

Qu'on juge, d'après cet expoſé, ſi le Parlement peut demeurer dans le ſilence ſur de
pareils abus, & ſi les Libraires ne ſont pas
fondés à tout eſpérer de ſa protection.

Vous voyez, mon cher Confrere, que
quand on a une auſſi bonne cauſe & des Juges
auſſi intégres, auſſi éclairés, on peut garder
ſon argent & ſe diſpenſer de le porter dans la
bourſe de M. le Directeur.

Je ſuis, &c.